TRIVIKRAMA

PARASHURAMA

SUMEET KUMAR

Made with ♥ on the Notion Press Platform
www.notionpress.com

Sumeet Kumar

Sumeet Kumar , A adult who experiences many phases of love in his life , get broked many times , stands up every time and keep moving to the next phases of the life.In reality he is a writter as well as singer (as a hobby). Very exciting and interesting fact about him is that he is author of New era i.e. he starts his journey of writing at the age when he was going to schools to get the study . His some famous works i.e. Maturity Of Love (Genre - Love),Privacy For Dream (Genre - Middle Class), Army Squad ofLove (Genre- The Seperation of Army Love), 5 Days of Love(Genre- Temporarily Love), Th e Endearment Of Love(Genre - Historical Era Of Love), Social Destruction Indo-Pak (Genre - The Story of The Love At The Time Of Division Of India And Pakistan), Middle Class Soul (Genre - The Dreams of Middle Class), The Accursed Kanatpur (Genre -The Horrific Story Of A Village), Wrong Number (Genre -The Suspenseful Physco Killer Story), The Secrecy OfDeadly Midnight (Genre - The Suspense About a Crime),Fragile Religious Of Death (Genre- The Death Of A TrustfulPerson), Nature Vs Science (Genre - The Future Battle Between Nature And Science In A Horrific Way), Generic Man (Genre - The Dream of I.I.T), The Unconsious 12 Hours(Genre - The Illusion At Stage Of Comma), The StrangeBurden (Genre - The Burden Of Love) , Her Existence (Genre- The Female Pain In The Society) , Jockstrap Prize (Genre -The True Story Of A National Athlete) , H Man [Hindi] (Genre - Superhero Tragic Story), H Man [English] (Genre - Superhero Tragic Story) , Maturity Of Love [Englsih] (Genre - Love) and many more are available on various geners on the offcial platform of Amazon, Flipkart and Notionpress. You can buy them from there.

Contents

Preface

Jo likhna cahh raha hun apne lafzo mein sayad likh chuka mein apni nawaazish mein ,par kuch muraad hai meri har ek tarz ki jo mujhe har baar majboor kar hai teri har ek daastan ko batane ki ,ye sirf ek kahani meri ruhh hai jo maine apne hathon seh likha na toh ye kishi ki zindagi seh kahirat mangti hai aur na hee ye kishi dharm ki kaifiyat batati hai ......

Acknowledgements

Sumeet Kumar

Sumeet Kumar , A adult who experiences many phases of love in his life , get broked many times , stands up every time and keep moving to the next phases of the life.In reality he is a writter as well as singer (as a hobby). Very exciting and interesting fact about him is that he is author of New era i.e. he starts his journey of writing at the age when he was going to schools to get the study . His some famous works i.e. Maturity Of Love (Genre - Love),Privacy For Dream (Genre - Middle Class), Army Squad ofLove (Genre- The Seperation of Army Love), 5 Days of Love(Genre- Temporarily Love), Th e Endearment Of Love(Genre - Historical Era Of Love), Social Destruction Indo-Pak (Genre - The Story of The Love At The Time Of Division Of India And Pakistan), Middle Class Soul (Genre - The Dreams of Middle Class), The Accursed Kanatpur (Genre -The Horrific Story Of A Village), Wrong Number (Genre -The Suspenseful Physco Killer Story), The Secrecy OfDeadly Midnight (Genre - The Suspense About a Crime),Fragile Religious Of Death (Genre- The Death Of A TrustfulPerson), Nature Vs Science (Genre - The Future Battle Between Nature And Science In A Horrific Way), Generic Man (Genre - The Dream of I.I.T), The Unconsious 12 Hours(Genre - The Illusion At Stage Of Comma), The StrangeBurden (Genre - The Burden Of Love) , Her Existence (Genre- The Female Pain In The Society) , Jockstrap Prize (Genre -The True Story Of A National Athlete) , H Man [Hindi] (Genre - Superhero Tragic Story), H Man [English] (Genre - Superhero Tragic Story) , Maturity Of Love [Englsih] (Genre - Love) and many more are available on various geners on the offcial platform of Amazon, Flipkart and Notionpress. You can buy them from there.

CHAPTER ONE

MIRACLE OF GOD

Lamhe sayad itne bhi khraab nahi hote per usse jude kuch saksh bhale hee khrab hote hai ye unki yaadeion seh jab ham judte hai toh khud ko mahroom kar letre hai ,har waqt ek nayi sururaat karta hun nsayad ye soch kar ki aaj ke din ki partchai ye savere ki jhalak kuch aur nayi umang dikhaye per meri parchai bhi aajkal vhi apne pau pasarti hai jaha uski har ek aadat bekar kishi ki tamana mein ,maine ish zindagi ko behad kareeb seh nahi dekha per itna zaroor janta hu ki mere kehne ki har dua mere mohalle seh meri galliyon tak tehar jaati hai socha nahi tha ki jab ish duniya mein mamat ke sahare ko toh ush garv mein meri yaadeion kuch iahsi khaas bann jaygei ki ush garv seh judd kar hee rehna cahun ,par aisha thodi hota hai ham na toh apne ateet ki baateion ko dubara kishi mehfil seh laut kar apni aadat bana sakte hai aur na hee ush mehfil mein lau sakte hai ,mere dost kehte hai ki meri har gadi prem per aakar kyun atak jati hai ,aur mein ish saval ko sunkar har baar khud ko mahroom kar lete hun syad meri fidrat kuch khass majboot nahi hai ki mein unhe ye jahir kar sakun ki meri har ek likhwat unhi yaadeion hokar kyun gujarti hai ?

Bhagvaan vishnu ne do avtaar liye thhe jo behad parisheed

thhe unme seh ek ko ham sab jante hai SHRI RAM ,aur dusre ki tamana na toh mein keh sakta hun aur na hee meri itni hasiyat hai ki mein unke baare mein kahu kyunki vo toh jag ke palan hari SRI KRISHNA hai ,jinki ungli par govardhan parvat aashrit thhe , ish jagg ki har baat nirali hai ,har ek kahani sacchi hai ,par raheshya seh bhari hai ,maine kabhi ye nahi socha ki mein bhi ish zindagi ka ek hissa hun ,sayad meri soch bhi mere kadmo ki tarah jo do pal toh sath rehti hai aur kuch waqt ke baad lapata ho jati hai vo bhi ek aishi duniya mein jiski taalsah mein har roj karta toh hun per sayad uski parchai bhi aab mujhe dehna nahi cahti ,maine kabhi kishi ke samne hath nahi felaya ,na hee bheeg mangi ,per jish darbaar mein har roj jaata hun sayad vh iski zaroorat parti hai ,agar vo uparvala mera hai yeh vo khud mera hai toh mujhe zaroorat nahi ki mein uske hisse mein jakar usse kishi ki khairat mangu ,kyunki har ek kahani unse judi hai vo mere palan karta hai ,karma hai ,ish jagat ki har ek riwayat unse hokar gujarti hai ,vo he ram vo hee shayam ,vo hee mahadev vo hee hanuman bhi , mein unhe kabhi raheshya manta hee nahi kyunki unki har ek vidya na toh mere hisse seh kabhi durr ja sakti aur na hee unki talim mere hisse mein mujhe maujood kar sakti hai ,kyunki mein janta hun mein unka hun vo mere prabhu hai ,aastha theek hai per andhvishavaas galat hai ,ish agat mein manav jaati ki ek aishi bani jo kabhi insaniyat aur havaniyat seh bahr jati hee nahi ye toh ish jagat mein log behad burre hai ye toh behad aache hai ,per sayad ham unki baateion kabhi karte hee nahi jo in dono ki mehfil mein shammil hai ,ye sayad maujood hai ,jab ham darga jaate hai toh ham maatha tekte hai ,jab ham mandir jaate hai toh maatha tekte hai ,yeha tak jab ham gurudware jaate hai toh matha tekte hai toh phir jab manav jaati ke lahu ki har ek chaap laal rang ki parchai dikhati hai toh aajkal log ye kyun bolte hai ki hamare dharm alag hai,hamare bhagvaan alag hai ,hamari aastha alag hai , aishi soch na toh hamne paida ki na hee hamare dharm ne aur na hee uni aastha ,toh akhir ye ye kisne kiya hai ?

manav jati ki har ek ruhh dharm ke pavitra dhagge seh hokar gujre ye zaroori toh nahi hai ,hamne ush uparvale ne per usne hame kabhi mitaya nahi hai na hee hame cheena hai hai khud ke apne seh na hee unhone ne hamari maut yai ki hai ,kyunki ish sansaar koi bhi mata pita apne baccho ke baare mein bura nahi soch sakte ,na hee ushe kabr ki aazadi de sakte hai,jab koi manav apni ma ki mamtamein palta hai na toh uske samne cahe kitni bhi farogh kyun na ho vo ushe kabhi apnyaga nahi kyunki jo dharm ki baateion jo tailm ,aur insaniyat jo ushe ush waqt milti vo koi dusra koi nahi de sakta ,ye baateion mein kyun keh raha hun mujhe bhi nahi pata kyunki yena toh mere dhram ko batati hai aur na hee meri jaat ko ,phir mein iske baare mein kyun keh raha hun ?mujhe nahi pata ,mere lahu ke har ek katre mein bash unki hee maya chupi hai jisne ye bramhand banaya ,mein na toh jal seh bana hun aur na hee aaga seh mein ush dhram seh bana jishe log aajkal sanatan dharm kehte hai .

aastha ki koi talim nahi hoti ye toh nirantar hai apne bhav mein iski na toh kishi ne seema tay aur na hee iski seema kabhi tay ki ja sakti hai,jitna maine suna hai ramayan ke baare mein ye mahabharat ke baare mein ,uno dono ki talim hame yehi sikhati hai ki agar ham apne dharm ko chhodkar ,adhram ke aur chalte hai ye ushe apne jeevan ka bhaag bana lete hai ,yeh aage jakar ushe apne jeevan ka hissa mante hai toh vo waqt ke sath hamari maut ka paigam bann kar samne aati hai , na toh ramayan mein ravan ki nagri salamaaat rahi rahi aur na hee kauravo ki nishani ,aant mein dono rakh ishliye ho gaye kyunki unhone ne apne dhram ki kurabni de di thi ,isse ek aur sikh ye milti hai ki agar ham apni insaniyat ka tyag kar dete hai toh sayad hamare jeevan ki rekha bhi vhi kahtam ho jati hai , aishi baat bilkul nahi ki hamare bhagwaan ish yog mein jivit nahi hai kyunki agar aishi baat hoti toh toh sayad ye duniya bhi ek rakh hoti unke beena ,vo maujood tabhi unki har ek aastha manav jati mein maujood par jish din unki aastha lupt ush din hamare jeevan ki har ek rekha bhi khatm ho jaygei ,mein ye bhi nahi keh raha ki ye jeevan hame unhone ne diya par mein ye bhi nahi keh sakte ki ye jeevan unhone ne hame nahi diya hai .

CHAPTER TWO

LINE OF INTENSITY

*"MERE
MANN MEIN
BHI RAM
BASHE
MERI
KAAYA
MEIN BHI
SHYAM HAI
MEIN ISH
JAGAT
KO VO BALAK
HUN
JISKI
VIDYA MEIN
BHI
BHAGAVAAN
VISHNU
BRJAMAAN HAI ."*

CHAPTER THREE

OUR RELIGION

mein vo balak jo unke gyaan ki har ek sifarish na toh apne hathon seh likh sakta na hee itni talim maine haasil ki hai ,sayad waqt ke sath maine bhi ye mann liya ki unki pratim har jagah ek hai chhahe cehre kitne bhi kyun na ho per unke cehre ki har ek maaya mujhe aaj bhi jeene ki ek nayi fidrat deti hai ,mere liye ye safar naya nahi hai , na hee men vo mushafir jiski chhahat khud ko lekar khatm ho chuki hai bash gujarish ki baat jhai jo mujhe khud seh durr karne ki koshish kar rahi hai ,aur mein chhah kar bhi ushe rauk nahi pa raha hun ,janta hun ye behad barbaad kar sakti hai mujhe par kya karu jeene ki koi aur wajah dikh hee nahi rahi ishliye ishe na chhahte hue bhi apne hisse ki vo daulat mann chuka hun .mein ye janta per ish baar mere kando ki bagabat mujseh ye keh rahi hai ki agar ish baar harne ki tauheen hisse mein mili toh sayad vo tabussam kabhi nahi laut jo mere hisse mein ek baar toh mujseh durr ja chuki ,agar uski khairat ye uski cahat mere hisse mein dubara aayi toh sayad mein phir seh harr jayun vo jiski sururaat maine kabhi ki hee nahi .

saval kahi hai ki akhir vo khuda hai kaha ? yeh hamare bhagavaan kaha hai ? par kya kabhi kishi ne ye saval kiya hai ki ham unhe dhund kyun rahe hai ye kaun shi jigyasha hai jo hame har baar majboor kar raha hai ki ham unke baare mein soche ,kyunki agar ye aastha hoti toh sayad ham unhe bahut pehle hee mill chuke hote , per ye aastha jigashya hai ,aur vaigaaniko ne kabhi ishe jaane ki koshish nahi ki hai , kyunki ye ek aishi talim jishe na toh vaigyaan galat savait kar sakta hai aur na hee koi aur iosh jagat mein , jaha aastha hai vo adharm ki baateion kabhi nahi pauch sakti aur jaha hai jigyasa hai vo adharm ki sururaat har roj ek naye jeevan ke sath apni mahima mein lupt hoti ja rahi hai ,kya kabhi hamne khud seh pucha hai ki hame ye jeevan kyun mila hai ?agar hamare bhagavaan hamse saval nahi karte hai toh hame bhi koi haqq nahi hai ki ham unse ye saval kare ki ham ki kya aapn ish jagat mein ho ye na ho .

Dhram hame kabhi koi gyan nahi deta na hee ye hame ye sikhate hai ki hame jeena kaishe hai kyunki lagbhag 200,000 saal pehle jab agni ne manushya ke jeevan ko badhane ke liye jab janm liya toh ush waqt na toh dhram ki vidya hamre sath thi aur na hee uski talim kishi ne haasil ki thi ,per ush waqt hamare bhagavaan zaroor thhe ,hamne kabhi iske pehle agni ko nahi dekha tha jab manushya jati ki ish dharti par janm liya tab unki aastha aayi ,phir unke dhram aur in sab ko banane vala kaun thhe hamare prabhu ,hamre bhagavaan ,jinhe ham khud kehte hai ,jesus kehte hai , guru nanak kehte hai ,dhramo ne vaat diya hai hame par hamare bhgavaaan na hame kabhi ye nahi sikhya ki jaat seh ,ye dhram seh tum alag hokar hamari puja karo .

mein apne dhram ko manta ,mein ush bhagavaan ko manta hun jisne jal aur agni ka nirmaan kiya ye duniya banayi hai ,,hame ek aishi dharti di hai jaha ham unke aashiyane mein khud ko mehfooz mante hai , ma ganga bhi yehi maujood ,yamuna ki dhram bhi yehi parishidd hai ,toh kyun na mane ush dhram ,kyun na mano uski mahima ko ,jish agni mein log kud ke liye apne bhojan ko pakate hai vo agni muslim ke ghr mein bhi hoti ,ek sikh ke ghar mein bhi hoti hai aur hamare dhram ham jinki puja bhi karte hai ,mere har kan mein meri har kaaya mein vo maujood hai ,mere parivarta ki wajah bh vhi mere jeene ki aash ,mein jish mahim uski eklauti saash bhi vhi hai ,ish jagat ke palan karta ,unke bina toh kishi ki mahima kabhi aage badh sakti aur na hee kishi dhram ek nayi kahani janm le sakti hai .

CHAPTER FOUR

THE LIFE OF PEACE

"MEIN EK
JEEVAN
HUN
TUM
MUJHE
MANO YEH
NA
MANO
MEIN HEE VO DHRAM
JISKI BADULAT
TUM
KHUD
KO
MANAV KEHTE
HO
MEIN
VO KAAYA
HUN
JISNE YE SRISHTI
BANAYI
MEIN
HEE VO

AAG
JISKI BADAULAT
TUMHARE
GHAR MEIN ROSHNI
AAYI ....."

CHAPTER FIVE

LEFT SOMETHING

Agar safar mein kahi niraash ho toh khud aage badhne ki koshish karo ,hamare prabhu har waqt sath hai hamare bash apni mahima ko tham kar rakho ,tumhari vidya tumhare tak rahegi agar tum aastha ke sath chalo ,na ish yug mein na hee ish ne kishi ko banya hai jo ham mante hai ye jinper hame bharosha hai uski har kaaya mein hamare prabhu brjmaan hai ,manta hun ish safar ko harr jayunga par agale subah mein phir aayunga,mmeri kismat bhale hee mere sath ho ye na ho par meri mehnat mere sath hamesha rahegi vo bhi aant tak jaishe ki mere bhagvan hai mere sath har ek kaaya hai ,har ek vishvaas mein aur har ek dharm mein bhi ....

ye kahani na toh ksihi dhram ke khilaf hai aur na hee kishi ko galat savi karti hai , ye toh bash ek sururaat hai ush raste ki jo manav jati ko ki soch ko badhava degi vo bhi aastha ke taraf andhvishvaas ke taraf nahi ,na hee muslim hun ,ne hee mein sikh , ne hee kishi aur dhram seh sambhandit hun ,kyunki ,mein sab ke liye ek hun agar mano toh aur agar na mano toh mujhe mere bhagavaan vishnu ka ek balak hee samjah lena jo unki mahima mein lupt hai aur jo unke dhram ko nahi unki aastha ko manta hai unke gya ko janta aur vo unki puja bhi karta hai .

CHAPTER SIX

THE CITY OF LORD KRISHNA

Kuch raheshya aishe hote hai jinse agar parde na hate toh hee thik hai ,ushi tarah seh kuch kahaniya bhi aishi hoti hai jinke aant ko ham tay nahi kare sakte ,cahe fidrat kaishe bhi uski kismat kabhi nahi badalti ,jab ek lekhak apne bhav prakat karta hai vo bhi ek aishi vishal kahani likh kar jiske aant ki koi seema nahi hai toh uski soch vhi par ush kayi dafa raukti hai ,par agar uski buddhi usse zyada tej hai toh vo kabhi rukega nahi aur agar te nahi hai toh sayad ye ho sakta hai ki uski eklauti sifarish bhi unhi panno ke sahare likh di jaye jaha uski sifarish sirf murde karte hai koi aam insaan nahi .

ham kabhi kishi saksh seh asliyat mein kabhi milte hee nahi vo toh ish jagat ki maaya hai jo hame ek dusre seh milati hai ,na toh hamare prem bhav ki seema kishi ke rishte ko tay karti hai aur na hee hamare rishte hame kishi ke sath rehne ke liye hame kamjoor karte hai , vo toh kuch majbooriyan hai jo halat ko badal kar hame ek aishe raste par lekar jaati hai jiski aadalat mein kuch log na cahte hue bhi kishi aur ki ahosh waqif hone ki sifarish kar dete hai , jab aap kishi talim ko hassil karte ho na toh ushe tham kar rakhna bhi zaroori hai kyunki waqt ke sath uski chhahat aur bhi mashoor ho jati hai kishi aur ke liye aur agar waqt par hamne uski khairat na lautayi toh sayad ye muqammal hai ki vo kishi aur ki baahon mein khud ko jhok de ,khair kuch baateion ki seema kabhi taya nahi hoti aur na hee kuch raheshya ki ishliye hame na toh unke safar seh judne ki koshish karni chaiye aur na hee uski mehfil jaane ki gujarish kare kyunki agar usne apni tamana batayai toh bhari mehfil mein hamare hisse ki jo bhi khushiyan hai vo rakh mein badalne mein waqt nahi lagayegi .

MATHURA
VRINDAVAN
BANKE BIHARI
281121 (UTTAR PRADESH)

MATHURA ,jiske kaaya mein bhi sri krishna brijman ,jinki maaya bhi ek mahima ki pechaan hai ush jagah ke baree mein kya hee batyun zindag aish haseen thi unke dwar mein ki jniki maay bhi hame aajkal prem ke dhaago mein ish kadar baandh kar rakhti hai ki ham cahh kar bhi kabhi inse mukt nahi ho payege ,waiseh aap sabne toh hamse muaqat ki hee nahi hai ,toh chaliye pehle ham dono khud seh toh toh waqif ho jaye tab toh hamari kahani aage badhegi nahi toh hamare aant ki tarah iski sururaat bhi ek rasheshya hee bann kar har waqt samne aayegi .

waishe hamare naam ki pechaan NANDKUMAR YADAV ,aur hamare bauji jo ki peshe seh ek bahut acche insaan baad mein hai per usse pehle vo ek halavi hai ,aishe baaat nahi hai ki vo padhe likhe nahi hai ishliye vo halavi bane hai ,mere kehne ka matlab hai ki kuch logg hote hai jo peshge dekh kar unki aukad batane ki koshish karte hai ,ishliye hamne pehle hee kuch baateion saaf karne ki koshi ki hai ,hamare bauji ki ek adhuri kahani hai jo BIHAR seh suru hui thi aur mathura mein aakar khatm hui ,mere kehne ka matlab hai ki bauji ke bhi sapne bahut bade thhe bachpan seh aur unki umeed bhi ,bauji toh fauj mein jaana cahte thhe per hamare dadaa ne unhe ye ki kaha ki tum toh hamare ghar ke akhiri chirag ho tumhe ham fauj mein kaiseh jaane de ,tum hee batayon ,aur bakki jitne bhi unke chacha thhe unhone ne bhi unse yehi kaha ki dekho SHIDHANT tumhe agar kuch karna hai toh karo per tumhe ye nahi karne dekhe ,kyunki hamare ghar ke tum eklaute chirag ho ,matlab dono ki baateion bilkul barabaar hee thi ,ishliye bauji ke na cahte bhi unke sapne ush waqt unse durr ho gaye kyunki ghar ke vo eklaute chirag thhe ,bauji itne par bhi ruke nahi unhone ne ye bachpan seh hee than liya tha ki mere sapne mera sath bhale hee chhod de per mein unka sath kabhi nahi chhodne vala ,ishliye ek din vo ghar seh sab ki najron seh chupte hue unhone ne bhagne ki koshi bhi ki par kismat ki khudai bhi unke hisse mein kuch khaas nahi thi ,jish din unhone ye tay ki vo bhaag kar hee apne sapne ko kishi dusre sehar mein purra karege , ushi din ek aishi fanna hamare ghar mein aayi ki unke eklauti mitr jinse vo behad prem karte thhe ,unke naam sayad HARISH CHATURVEDI tha ,per bauji unhe chatur keh kar bulate thhe aab iske peeche kya rahesya hai hame nahi pata ,per ush din jo fanna unki zindagi mein aayi thi ye baat sayad kishi ko nahi pata ? kyunki unhone kabhi bataya hee nahi aur na hee unke dost ke baare mien ,matlab maine jaha tak suna hai HARISH UNCLE ke baare mein vo aab ish duniya mein nahi hai per unke maut ki wajah aur bauji ke sapne chhodne ki wajah lagbhag ek hee hai ye hame lagta hai baki ye baat kishiko nahi maloom ki unhone fauj ke sapne ko kyun alvida keh diya .

sapne nah toh umeed hote na hee koi noor ki wajah vo toh ek hai jo aazadi ke taraf hamare pau ko lekar chalti hai ,kabhi mohalle mein toh kabhi sadak per toh kabhi nange pau galliyon mein bhi ,bauji ne jo bhi kiya vo unhe sahi laga par agar mein unki jagah hotqa toh sayad pane sapne ko kabhi nahi chhodta kyunki unke tuttne par jo dard ki riwayat mujhe milti sayad mein ushe seh nahi pata ,aur agar mahroom ho jata toh meri toh duniya hee lutt jati ,khair meri mein apne ma ke baare mein kuch kehna cahta hun jo maine unhe kabhi nahi kaha ,vo meri purri duniya hai aur unke pati bhi ,matlab hamare bauji bhi ,mein un dono seh ita prem karta hun ki unhe kabhi chhod kar jaane ki soch hee nahi sakta ,wajah hee aishi ,kyunki unke gaud mein aur unki duniya hee toh ekaluati mehfooz jagah hai jaha mein khud ko mehfooz mante hee nahi balki mehfooz hun ,waiseh meri duniya ka KAMLA YADAV DEVI hai ,jinke khane ki suagandh seh bagala vaali auntiya bhi unse naye tariqe sikhne har roj aa jati8 hai ,aab kya hee kare meri ma ki tarah toh purre mathura mein koi khana nahi banata ,bachpan seh maine toh kishi tarah ke burre halat sahe hai aur na hee koi taqleef ,kyunki bauji ke baad ham dusre aishe eklaute chirag hai ush ghar ke jish ghar ka NANDLALA BHAVAN hai , aur mein krishna nahi hun par pata nahi log mujhe NANDKUMAR chhodkar krishna kyun bulate hai .

khair ye toh baateion ho gayi jo hote rahegi ,par usse pehle apni kahani toh purri karlun jo haqqeqat seh hokar gujarti hai ,mein ush ghar ka eklauta chirag tha jisek na toh koi sapne thhe aur na hee bhavishya ki chinta kyunki mera hath tham kar aage badhane ke liye mere bauji thhe aur peeche seh meri chachiya aur unke pita ji matlab mere dada ji thhe , kehte hai jiske ghar mein naari ne janm liya hai vo ma lakshmi ki prateek hai ,waiseh ye baat toh sahi hai ,per mere ghar mein sirf ma lakshmi na balki ma durga ne bhi janm liya hai ,kyunki aaj tak mujhper jab koi mushibaat aayi hai unhone har waqt mere sath diya hai , khair mein apni ma aur chachio ke baare mein kya hee kahu ?

alfaaz hai hee nahi ki unki mamtako apne sabdo ki chavi dekar unki mamta ko kishi gore kaagaz mein likh sakun ,pe ha mein bhi unse behad payar karta hai kyunki vo saare meri duniya hai .

CHAPTER SEVEN

ADORE LINE

"KI MAMTA
KI AACHAL
MEIN PALA
HU
MUJHE DUNIYA
KE PREM
SEH MUKT
RAKHO
AUR MATHURA KI
HAR KAAYA
MEIN
KHUD KO
MEIN
AMAR MANTA
HUN
KYUNKI
MERE
GYAN MEIN
BHI SHRI
KRISHNA
BASHE HAI ...."

CHAPTER EIGHT

THE LIE OF SADNESS

Dukh ki baateion kabhi jaan hee nahi paaya jab apni ma ki mamta mein tha ,par aaj vo halat nahi hai kyunki mere ek galat faisle ki wajah seh maine vo duniya bhi gava di aur unki mamta bhi ,kabhi socha nahi tha ki jo ladka apne bhavisya seh durr bhagta vo har din aab bhavishya ki baateion karge uske baare mein sochege ,ye baat thodi karvi hai par haqqeqata hai ki maine kabhi apne hathon seh kahan nahi khaya ,kyunki kabhi bauji khila dete toh kabhi ma aur yeh phir meri chachiyan ,vo ek aisha swarg tha jo maine jeete ji haasil kiya tha ,per kabhi socha na tha ki ush swarg ki har ek deewar meri wajah seh kishi narg ki mahsuka bann jayegi ,aur vha ke log uske gulam bann jayege .

khair har kishi ki life ki happy ending nahi hoti ye toh sab jante aur sabne filmo bhi dekha bhi hoga per meri zindagi mein vo happy ending thi per mere jaane ke baad sayad ?

waiseh padhna ka maan nahi karta tha pehle ,matlab bauji ne kabhi force nahi kiya ki tu padhne kyun nahi jaata per meinjo bhi padhta tha vo meim turant samjah jaata tha aur marks bhi aache khasse aa jate thhe ,agar mein andaaza lagayun toh mein bachpan seh hee topper hun ,ha ye baat sunne mein sabk karvi lagegi par kya sach toh sach hee hai, bauji bhale hee mujhe kishi cheez k liye force nahi karte thhe per vo hamesha yeh kehte thhe ki agar mere sapne purre nahi hue toh kya tu apne sapne zaroor purre kar ,mujhe ye baate thodi shi emotional lagi thi per mujhe kya pata ki ye ek pressure bann kar mere bhavishya mein samne aaygei, jab mein 18 saal ka hua toh bauji ne mere birthday mujhe koi gift nahi diya balki uski jagah apne sapne mujhe saupe matlab nahi samajh raho ,mein fauji vali sapne ki baat nahi ka raha ,halvai vale sapne ki baat kar raha hun ,aur jish din unhone ne mujhe ye saupa maine ushi din ye mann liya tha ki meri aage ki zindagi kaishe beetne vali hai ,bhala mein halvai kyun ? iske peeche bhi unki ek talim thi jo vo mujhe sikhana cahte thhe pwer mein sikhna nahi cahta mein toh cahta ki mein bash ishi tarah apni zindagi je lun bina kishi aur bina kishi mehnat aur kaam ke ,kyunki kam toh vo karte hai jinke pass paisho ki kami hoti hai per hamare pass toh paiseh thhe aur ye baateion maine jish din mere bauji ke samne kahi ush din unhone mujseh kuch nahi kaha ,aur agle subah hee unhone ne mujhe vha bheja jaha unhone ne apne sapne dekhe thhe vo bhi fauj ke ,per meri ma aur chachiyan ish baat seh bekhabar thi aur mere mere dada jii bhi ,bauji ne aisha kyun kiya kishliye kiya maine kabhi unse saval nahi kiya ,matlab ye kahani bhi kitni sahi chal rahi hai na na hee koi gam na hee koi khushi bilkul average shi chal rahai hai zindagi .

Ish duniya mein kishi ki kahani normal nahi hoti aur jinki hoti hai unki koi kahani nahi hoti kyunki jish cheez ki sururaat maine bahut pehle hee kar di hai uske aant ki pechaan bhi ushi seh judi jisse bauji ke sapne aur unke dost ke eklaute raheshya ki kahani judi hai .

CHAPTER NINE

PROTECTOR OF HUMANITY

“MEIN
DHARM
KA RAKHVALA
HUN
MUJHE ADHARM
KI CHINTA NAHI
MEIN INSANIYAT SEH
BANA HUN
MUJHE HAVANIYAT
KI PARVAAH
NAHI ....
”

CHAPTER TEN

FINESSE

ush din aisha hua kya matlab mein jish din ki baat kar rha ush din ki tareeq 27 august hongi jish din mein 18 saal ka hua ,akhir bauji ne mujhe kahi aur kyun nahi bheja BIHAR ko chhodkar akhir kaun seh ateet ke raheshya seh vo mujhe muqabil karvana cahte thhe jisse mein bekhabra tha ,akahir kaun shi sacha vo mujhe batana cahte thhe jishe jaankar mere eklauti duniya jo khushiyan seh bhari thi vo gam mein ek din mein badal gayi ,kaash vo haqqeqat na janta toh sayad aaj apni ma aur apne purre parivaar ke sath hota mein ? bauji ne mujhe ush din vo baateion batayi thi ki unke dost ki maut kaiseh hui aur kyun hui ?

per bauji ne vo baateion mujhe hee kyun batayi ,mein hee kyun ?akhir kya rishta hai mere unke ish rishte seh jo mujhe unke ateet seh jodne ki koshish ki hai ,aur bauji ne mujhe ya kyun kaha ki vha jaate hee sabse pehle apne purana ghar per jaana aur ANANT CHACHA seh milna .

Abhi manjil behad durr kyunki uske raste na toh mujhe saaf dikhayi de rahe aur na mein unhe dekhna cahta hun kyunki unki sachai sirf meri duniya nahi badalne vali balki uski jagha vo mere apne rishto ko barbaad kar degi ,aur mein ye bilkul nahi chhahta .....

CHAPTER ELEVEN

THE CITY OF SUSPENSE

Waqt ke sath bhale hee kuch yaadeion jehna seh durr ho jaye per vo peecha kabhi nahi chhodti vo bhi ek ush daman ke liye jo unki kabhi thi hee nahi , ek insaan apne bure aur acche halat seh har waqt waqif rehta hai phir bhi uski gujarish kishi na kishi ko panne ke liye hamesha tayar hoti chhahe ush waqt uske hisse mein ushe barbaadi hee kyun na mile ,prem ,tyag ,dosti ,rishte ye sab aaj kal ki duniya mein vo anmol ratn hai jiski taalash har kishi ko hai ,per unki seema jo kahi thodi shi rukk jati hai ,yeh unke pau en rishto ko apnane seh katrate hai toh uski sirf ek hee wajah hai aur vo daulat hai ,par meri kahani mein aishi koi bhi khairat saaf dikh nahi rahai tha ,na toh maien unse ye saval kiya ,ki akhir mein hee kyun ?

jish waqt maine mathura ko chhod ush waqt seh vo sehar mere liye bilkul naya bann chuka tha ,aur mein apne hee mohalle aur galliyon ke liye ek aisha insaan bann chuka tha jiski fidrat ek mushafir ki thi aur sayad ek aishe saksh ki bhi jiski daulat uske pita ke charno mein saup di gayi thi ,maine bachpan seh apki zindagi khushaal mein ji hai phir ye tanav kaisha jo mujhe aajkal rash nahi aa raha ,aur bauji ne mujhe BIHAR kyun behja kya kehna cahte thhe vo jo akhiri waqt mein keh na sake mujseh ,jo raheshya mujseh pehle seh anjaan unki seema kaiseh dhundu mein ,mere har ek paane mein aajakal unke aasyun ki har ek chaap mujhe pareshaan kar rahi hai ,mein janta hun ki mein unka apna hun phir bhi unhone mujhe apnayakyun nahi .

Mein bauji ki baateion mann kar BIHAR toh aa gaya tha per mujhe pata hee nahi tha ki mujhe karna kya hai ,matlab mein pehle khud kee halat sudhar lun ? ek waqt mein sone ki talab dikha kar rakh ki chand bann chuke thhe ye ush raheshya seh parda uthaye jiske baare mein mujhe theek seh pata bhi nahi tha ,aur bauji ne ye kyun kaha tha ki tumhe BIHAR jaate sabse pehle ANANT CHACHA seh milna ,kaun hai ye aur mera purana ghar ,ma ne toh kaha tha ki mein yehi ka pala bhala hun ,matlab mere janm ki pratim aur uski har ek yaadeion MATHURA seh hee judi hai ,toh phir bauji ne mujhe ye kyun kaha ki tum mere apne zaroor ho per tum per haqq nahi hai .

Khair BIHAR jaate hee meri har khushiyan gam mein badal chuki thi,kyunki vha jaate hee meri mulaqat ek aishe saksh seh hui jiske dimaag ki battery down bahut pehle seh thi ,aur sayad vo ushe charge karna bhul gaya tha ,aur mere pass vo charger bhi maujood nahi tha ki mein uske saval ke har ek gath ko ushi ke hissab seh solve kar sakun ,chhodo aap sab ko bhi itna tadpana mujhe rash nahi hai varna meri kahani kaun sunega ,mein jsih din BIHAR gaya ush din meri mulaqat sabse pehle ek anjaane saksh seh hui thi jo dil ka bhola aur dimaag seh ghada tha ,mein ushe nahi janta tha per usne mujseh ye kaha ki mein tumhe aachi tarah seh janta hun ,pehle toh maine ush per vishvaas nahi kiya per jab usne bauji ka naam liya aur mere parivaar ke har sadeshya ke baare mein mujseh baat chitt ki matlab unke baare mein mujhe bataya ,tab mein jakar samjha ki ye mujhe sach mein janta per kyun janta aur yeha ye karne kyu aaya hai ?

pehle usne kayi saval kiye phir jab vo ruka toh maine usse kayi saval kiye ,aur sabse pehla saval mere ye tha ki tum kaun ho ? tumhare naam kya hai ? pehle toh vo thoda ghabraya ,phir sharmaya aur uske baad aankehion jhapkai vo bhi do baar tab jaka usne apna naam bataya ki mein KABIR hun ,mujhe ANANT CHACHA ne bhej hai apko laane ke liye ,waiseh toh ham dono ki umr ek hee thi per vo mujhe baar baar bhaiya bua raha tha , aur mein ish cheez ko sunn kar pakk chuka tha kyunki mujhe iski aadat nahi tha ,ush din uski baateion seh mein do baateion bahut pehle hee samajh chuka tha ,pehli ye ki mein yeha kaffi lambe waqt tak nahi reh sakta ,aur dusri baate ye ki agar mein chhahu toh bhi ye nahi rukunga ,kyunki kaha MATHURA ke mohalle aur uski yaadeion aur kaha BIHAR ke alfaaz jo mujhe karve lag rahe thhe ,ek mathura jaha mein mahlo ka rajkumar tha aur dusra bihar jaha mein raheshya ka rajkumar bann kar rehne vala tha .

mujhe ye baateion toh pata thi kuch badalne vala hai per mein ye nahi janta tha ki itna badalne vala tha aur meri zindagi jo mathura mein swarg ki tarah thi vhi bihar mein aakar narg jann jayegi ,par kahi na kahi mein kaffi betaab bhi tha kyunki pehli wajah toh ye ki bauji ke bachpan ki har ek yaadeion BIHAR seh judi thi ,aur dusri ye ki unhone apne sapne ko jab dadaji ke kehne per nahi chhoda ,toh HARISH UNCLE ke jaane ke baad aisha kya hua ki unhone apne sapne tak chhod diye jo unke liye behad zaroori thhe ?

CHAPTER TWELVE

WALL OF SPEED

"BASH EK
LAHZE
KI BAAT
HAI
BAKKI
TOH SIRF EK
KHWAAB
HAI
AUR JISHE
MEIN HAR ROJ
FARDA MANTA
HUN
VO
TOH MERE
ATEET KI
EK
DEEWAR HAI .
"

CHAPTER THIRTEEN

PART OF ILLUSION

mein vha kabhi rukna nahi cahta per mujhe rukne kiki wajah mill chuki thi vo bhi HARISH UNCLE ke roop mein ,per bauji ne toh kaha tha ki vo chal bashe hai ,mere kehna matlab hai maine jaha tak unke baare mein suna hai sabne mujseh yehi kaha tha ki unki maut ho gayi thi ,per maut ki wajah nahi batayi thi aur sabne mujseh ye bhi kaha tha ki unke chala jaane ke baad hee bauji ne fauj ke sapne ko alvida keh diya per kya vo sach mein HARISH UNCLE hee jishe maine dekha ye koi aur saksh hai jo meri aankheion ki parchai bann chuka hai ,per hairaan karne vaali baat ye thi ki jab maine KABIR seh pucha ki kya vo HARISH UNCLE hai ? kyunki maine unki tasveer iske pehle kayi baar dekhi thi aur meri aankheion ish cheez ko lekar mujseh kabhi bagabaat nahi kar sakti thi ,per mere tab bhi hairaan ki kya ye sach hai ? matlab agar ye jinda hai toh mere bauji ne mujseh juth kyun bola ki inki maut bahut pehle hee ho chuki hai ?

Itne saare saval thhe mann mein ki meri har ek fidrat mujhe ush waqt yeh keh rahi thi ki aab karna kya hai ? matlab jayun kaha ?dimaag ka purra santulan vo bhi burri tarah seh ush waqt hill chuka tha ,matlab samajh hee nahi aa raha tha ki BIHAR aane ke baad mujhe ek aur nahi kayi saare raheshya ka samna karna parega , aur unmein seh jo mujhe sabse zyada pareshaan kar rahi thi kii akhir bauji ne mujseh juth kyun kaha ? aur kaha bhi toh mujhe MATHURA seh BIHAR aane ke liye majboor kyun kiya ?

Kuch saval agar jehan seh durr rahe tabhi unki jagah jaanat jaishi lagti hai per jab jo hamare kareeb aur kareeb aate hee hamse waqif hote toh ush waqt vo hamare liye saradard ban jaate hai,aur mere liye ush waqt vo saval mere mann ko ish tarah badal rahe thhe ki mein kuch soch hee nahi pa raha tha matlab mahroom toh pehle seh tha ,per ush waqt madhosh bhi gaya toh bhi gam ke saaye mein ,sayad zindagi mein mere sath ye pehli baar hua tha ki saval samne aur mein uske peeche hun .

jab KABIR seh maine pucha ki ye HARISH UNCLE hai ye nahi ,tab mujhe ek baat pata chali aur ushe sunne ke baad mein sach mein apna aapa kho chuka tha ush waqt apne ahosh mein nahi tha ,kuch waqt ke liyetoh behsoh ho chuka tha kyunki jish chacha seh mein milna aaya unhone toh meri baarat nikal di thi vo bhi gamo ki ,kyunki asliya mein vo HARISH UNCLE ke apne bhai thhe aur vo bhi judwaa .....

matlab meri zindagi mein pehle kam mod thhe jo aur bhi dastak dene aa gaye hai vo bhi khushiyon ki mehfil mein ?kya ho raha hai mere sath ? maine ush waqt kuch nahi socha aur sabse pehle bauji ko call kiya per vo toh call hee nahi utha rahe thhe ,ush waqt meri zindagi ki dono taraf seh lagg gayi thi ,mein samajh hee nahi pa raha tha ki mein royun yeh hasun ?

per kehte hai na jaha gamo ki mahashaar maujoo hun vha sukoon ki raat bhi aati hai aur ush waqt jab unhone mujhe

gala seh lagaya toh meri har ek pareshani ush waqt mujseh kuch waqt ke liye durr ho gayi thi ,kyunki jab unhone mujhe gala seh lagaya toh ush waqt mein sab bhul chuka tha ,yeha tak MATHURA ki yaadeion bhi mere jehan seh kuch waqt ke liye sahi per durr ho chuki thi ,kyunki unki baahon mujhe apne aehsaas de rahi thi ,jab meinunse gala laga toh mujhe aish mahsoosh ho raha tha ki mein bahut waqt seh inhe janta hun .
per ye khushi bhi mere liye ush waqt khud khusi bann chuki thi jab meri mulaqat KIRAN CHATURVEDI seh hui ,jo anant chacha ,mere kehne ka matlab hai harsih uncle ki dharm patni thi ,pehle toh unki baateion normal lagi mujhe per jab unhoner mujseh yeh kaha ki laut jayo ? tab mein ush waqt unki baateion samajh hee nahi paaya ki akhir vo kehna cahti thi mujseh ?kyunki isse pehle mein unse kuch puchta KABIR unhe le kar vha seh ja chuka tha ,aur mujhe kabir ne bhi ush waqt apne baare mien ye nahi bataya ki vo HARISH UNCLE ka hee beta hai .

kiran aunti seh milne ke baad ,yeh unke sabd sunne ke baad ek alag hee duniya bann chunki thi meri ,uncle ne mujseh ush waqt bash itna hee jahir kiya ki vo thodi bimmar ishliye unhone aishi baateion keh di ,jab maine ye saval kiya tha ki vo kehna kya cahti thi ?per ush waqt kayi saval thhe jo mujhe waqt ke sath aur bhi pareshaan kar rahe thhe ki agar harish uncle inke judwaa hai toh inke dusre bhai kaha hai ? matlab harsih uncle toh pehle hue dusre vala kaha hai ?aur kabir unka ekalauta beta hai toh usne mujhe y baataya kyun nahi jab maine uusse pucha ?aur KIRAN aunti ki burre haalat ki wajah kaun hai ?

Unsolve Relationship

"MERI RUHH
BHI PARESHAAN
HAI
MERI AARZOO
BHI
HAIRAAN
HAI AUR
JISH KAIFIYAT
KE KHIRMAN
KO MEIN
AZM MANN
RAHA THA
VO TOH
MERE
AZIYAAT
KI CHAND HAI ."

bahut saare saval hai jehan jish dhundne ke jigaysha aur bhi zyada mujhe pareshaan kar rahi hai ,mein ush safar per jaana cahta toh per mere kadmo ki har ek chaap aaj hairaan hai ,chalo manta huh ish safar adhura chhod kar ja rha hun per iske aage ki suruyaat bhi ishi mehfil mein chhod kar ja rha hun ,mere khwaab mere sapne toh MATHURA mein per BIHAR ki yaadeion aab mere liye khaas hai ,mein ishe kabhi durr nahi jaana chhahta hun kyunki yeha mere apne hai aur jin savalo ki bairiyo ne mujhe ek qafas ki tauheen di hai uski har haafiza hai mere liye khushiyon ki taj hai .

Printed by Libri Plureos GmbH in Hamburg, Germany